청어詩人選 359

영혼의 노래

서만석군 시집

청어

시인의 말

"허름함" 정제 하는 시간.

작고 아담한 힐링의 멋진, 구례.
그곳에 지리산과 섬진강이 마주 보고 있으며 그 중심에
군·읍지가 자리하고 있다.
하늘에서 내려다본 구례는 학이 북쪽을 향해 비상하는 형국
이요, 예부터 금환락지 아름다운 명당이라 한다.

지리산은 영혼을 치유하며 지혜를 얻게 한다.
섬진강은 낮은 자세를 가르친다.
내 시는 여기서부터 시작한다.
어머니는 현대 여성 못지않은 날카로움이 있어 내게 시를
쓰게 한 분이다.

아직은 청정지역, 보름이 되면 가끔 달마중을 즐긴다.
솔밭향 힐링이 춤추게 부추긴다.
돌샘의 나직한 숨소리 영혼을 정제하고, 풋풋한 밤내음
눈빛을 적시게 한다.
잠시 하루의 노역을 생각하며 자아 성찰을 가져본다.

시를 쓴다는 것은 목마른 갈증 같은 것.
쓰면 쓸수록 갈증이 더 심해진다.

어릴 적 어느 분의 시 한 편을 읽은 적이 있다.
삶이란 죽음을 위해 살고 지하 5미터 땅 한 평 차지하기
위해 고군분투한다고.

시 한 편을 퇴고하기 위해 몇 년을 써 본 적이 있다.
갈증은 끝나지 않았다.

지리산 돌샘에서

차례

2부 우리의 멋

3부 천상의 나팔 소리

4부 나의 별성 왕국

1부

지리산

하얀 꽃 눈밭 위의 발자국 바라보며
한 번쯤 미래 위한 예언을 하고픈 맘
화톳불 지펴가면서 멋진 큰 꿈 꾸는 나

구례(求禮)

섬진강
지리산이
어깨 위 토닥토닥

일깨워 미소 짓는
은빛과 금빛 들녘

다가선
나눔의 손길
예의 충절 구례이네

길

지리산
돌샘들의
나직한 숨소리들

번뇌의
아픔들을
걸러낸 천신(天神)의 혼(魂)

영혼을
되짚어 보는
또 하나의 길[道]이네

영혼을 치유합니다

오시는 수고로움
번뇌는
말끔하게

눈마중 힐링 길에
영혼을
모십니다

솔향이
가득한 치유의 방
피톤치드입니다

겨울 단상

해 맑은
얼음꽃을
피워낸 화가이다

갈대밭
겨울 철새
미끄럼 분주하다

온종일
칼바람들도
칼질하기 바쁘다

하얀 영혼

기다린
하얀 눈이
드넓게 펼쳐 놓은

가을의 불구덩이
까만 곳 감쪽같다

이제야
하얀 영혼으로
나뭇가지 춤을 춘다

뽀드득
맑은 소리
눈[雪]빛도 아름답다

내민 손
멀리까지
안아본 멋진 세상

디딘 곳
발자국 자리
이름자를 새긴다

찜* 하다

먼저와 앉은 자리 누구의 번지일까?

얼마 전 보름달이 머물고 갔었는데

어느새 노란 수선화 아침이슬 마중하네

*찜: 신종어로, 자기 몫(자기 것임)을 나타낸다.

삼베적삼

팻션 쿨…
시원시원
냉큼 산 삼베 적삼

유행에
찌든 살갗
맘에는 안 드는지

솔잎의 가시처럼 쿡쿡 안절부절 애처롭네

달래며
애쓰지만
육신은 요지부동

이웃에 주었더니
시원네!
내년에도…

올여름 내 살갗 땀띠 혼날 것이 궁금하네

지리산 단풍

나뭇잎 춤을 추는
손짓의 고운 모습
따스히 껴안듯이 가을의 낮은 자세
지리산 원색 우리들 힐링소리 자랑이네

돌샘의 맑은 물을
한 모금 음미하고
내민 팔 오르내린 살 바람 레일 타듯
내 영혼 깊숙이까지 붉은 옷을 입혀주네

지리산 자락에서 1

지리산 계곡마다 상고대 긴 여정들
멋스런 풍경들이 초기로 이어진 듯
깊숙이 걸어보는 영혼 마주하는 걸작이네

하얗게 가시광선 빗살들 번득이고
발자국 하나 없는 설경의 맑은 선미(線美)*
산세의 눈빛 고운 감상 신세계의 고향이네

돌샘의 음계 소리 바람에 실려 가고
산경(山景)의 광음들이 일제히 솟구치니
옷깃을 세우고 걷는 내 영혼이 신선이네!

*선미(線美): 파선이나 곡선에서 그 자체의 아름다움

지리산 자락에서 2

검퇴한 돌담장에 허름한 초가(草家)마당
홍매화 붉은 입술 기다림은 절망일 듯
텁텁한 막걸리 친구 지리산을 떠나갔네

마루엔 낙엽들이 휴식의 꿈을 꾸고
긴 갈대 발목 잡혀 떠나질 못하고는
멧돼지 관광을 즐기고 텃새들이 터를 잡네

어릴 적 산골 세상 누렁이 고함치던
그 모습 정겨움이 언제나 찾아올까?
석양 길 노을 빛깔 쫓던 그 사람이 그립네

지리산 자락에서 3

깊은 밤 은빛 힐링 백야[*]의 모습이여
클래식 멋진 춤과 칵테일 한 잔 건배
예쁜 벗 마주한 순간의 모습이면 좋겠네

산비탈 부는 바람 외워 싼 소리들과
옛 향수를 들이키며 혼자 앉아있으려니
어쩐지 쓸쓸한 마음, 왠지 모를 바보네

혹여나 전화벨이 울릴까 더듬더듬
낡아진 창문 밖을 두리번거려 보는
역시나 몹쓸 꿈인가? 글썽이는 눈빛이네

*백야: 대낮같이 밝은 밤

계절 앞에 서서

선잠의 시비 끝에 살창문 기대설 때
허름한 돌쩌귀의 삐그덕 울림소리
깊은 밤 하얀 눈길 위 스키 타듯 사라진다

산기슭 빠른 시간 향기를 뿌린 자리
잠시의 길목에서 내 영혼 뒤돌아본
시 한 편 창작해 올린 지면 위가 반짝인다

오고 간 계절들의 수학적 해법 위한
공전의 틈새들을 손가락 짚어보며
저 우주 꽃 피는 들녘 머무를 곳 눈빛 쏜다

섬진강 바람소리

섬진강 다리 밑에
차가운 바람결들

무뎌진
상판 위를
들어서 올릴 듯한

무서운 저 야망들의
울림 소리 요란하다

둥지 꽃

주말 녘
통통 뛰는
아이들 그 눈빛들

가만히 들여다본
깨끗한 영혼이다

내 삶 속
손가락 짚어
다시 찾은 고향이다

영원히
같이 있을
백 년이 천년으로

다가서 어루만져
고마운 행복감이

이후의
더 멋진 세계
시들잖을 꽃이다

노을빛 힐링

바람이 감기우는 산비탈 단풍 소리
낙엽이 하나 둘 셋 바람을 타고 넘는
저마다 더 멋진 보색 축제의 시 낭송한다

산자락 아담한 곳 노을빛 무대 위에
음악회 선율 실어 춤추는 산사의 꿈
이 가을 지리산 능선 펼친 세계 경이롭다

투박한 시골 생활 풋풋한 약속들이
어느덧 시간 속에 사라져 가물대고
머나먼 태평양 건너 소식들이 아롱인다

차 한 잔 여유 속에 맨드라미 붉은빛을
초로의 마음 실어 조용히 음미하며
멋진 시 한 편을 위해 백지 위를 거닌다

추억의 길섶

1

잔잔한 강섶 위에 물안개 피어오른
긴 휴면 재촉하는 초겨울 입구에서
그 옛날 예쁜 친구들 생각하며 마시는 차

2

도시의 화려한 길 고전음악 고운 음률
추억을 되새기는 감미로운 한순간에
이제는 산야에 기댄 내 하루를 돌아본다

3

지리산 칼바람에 옷깃을 들척이며
호호호 입김 불어 시 한 편 낭송하는
내민 손 맞이하는 눈꽃 아름다운 수채화

4

하얀 꽃 눈밭 위의 발자국 바라보며
한 번쯤 미래 위한 예언을 하고픈 맘
화톳불 지펴가면서 멋진 큰 꿈 꾸는 나

가을과 함께

가을은 눈빛마저
오색의 마술사네
모든 것 아름답게 보이려 꿈틀대고
사나운 돌개바람도 낙엽들과 춤을 추리

당신은 어디쯤에
가시려 하시나요
갈색의 변주곡에 시 한 편 써 보시면
오늘은 추억의 일기장 즐거움이 되오리

이 멋진 동화 같은
계절의 낮은 자세
모두가 친구이니 내민 손 손사래도
새로운 영혼의 모습, 당신에게 찾아오리

묵언의 시간으로 여행

다가선 가을밤을
깊숙이 걸어보는
그윽한 아름다운 묵언의 시간들이
영혼을 맑게 할 좋은 풍경화의 한 폭이다

바람도 엷게 불고
달빛도 인사하는
솔밭 향 은은함에 시 한 편 찾아 나선
시성이 즐기는 힐링 클래식의 긴 밤이다

발자국 깊이 새긴
찾아든 곳곳마다
밤이슬 촉촉함과 더 멋진 어울림이
도치돼 빨려드는 기쁨, 이게 바로 예술이다

아름다운 손길이네

백두산 한라산에 눈꽃이 필 무렵에
내 고향 지리산도 멋진 축제 한창이다
수억 년 새겨진 약속 바톤으로 넘나드네

피카소 추상화가 바람을 끌어안고
베토벤 다단조의 운명이 귀를 열 때
추억이 깃든 노을빛 초원의 꿈 품에 안네

옛날의 돌판 위에 새겨진 이름 석 자
어느 별에 우뚝 서서 꿈꾸던 사람일까?
영혼을 일으켜 세운 아름다운 그 손길!

2부

우리의 멋

거칠게 달려온 곳 반환점 기쁨 아닌
조금은 망설이는 타협의 넓은 면적
올곧은 삶은 아니있네 고스란히 눈물이네

고운 우리의 멋

우리의
멋진 한옥
고운선 예쁜 한복

백조가
날개 펴듯
비상의 모습이네

저 하늘 예술문화일까?
보석처럼 빛나네

사랑하세요

당신의
깊숙한 곳
종소리 울리세요

다가선
그곳에서
조용히 부르세요

내민 손
아름답게 펼쳐
영혼들을 안으세요

천년의 사랑

날 닮은
예쁜 미소
우주의 한 소녀여

이 아침
창문 열고
찾아든 천사이네

천년의
긴 인연의 사랑
아름다운 모습이네

예쁜 모습

밤하늘 별빛 얼굴
세안이 아름답네

날마다 기도하는
고운 맘 정성일까?

깨끗한 눈빛 반짝인
예쁜 모습 화려하네

아름다움

가을철
돌개바람
솟구쳐 화려함이

내 앞길
푸른 삶을
춤추며 노래한다

삶이란
아름다운 것
내 영혼아, 피어나라

오월의 시작

기다림 끝에 오는
첫사랑 내민 손이

연둣빛 부드러움
살포시 웃음 띄운

이 멋진
한 세기 시작이
꽃이 되어 노래하네

산수유

돌틈에 노란 채색
눈꽃을 밀어 올린

추위도 비켜 세운
천년의 긴 소식이

솔바람 힐링의 어깨
첫사랑을 반긴다

달마중

긴 밤의 달마중에
은빛으로 춤을 추는

옷깃의 바람 소리
내민 손 따스함이

시 한 편 적어 건넨 눈빛
그리움도 나누자

회초리

빛 바랜 책갈피들
그 무게 배가되어

선미의 정겨움이
눈빛을 적셔드는

스승의 회초리 탁 탁
뜨거움이 일렁인다

성자의 길

허름한 내 삶 속에 끼어든 당신이여
영혼을 가지런히 일으킨 사랑이여

하루도 잊혀지지 않는
내 마음속
성자여

백합 형제들

자지런 웃는 얼굴
백합꽃 형제들이
이 아침 하얀 속살
들치며 요란하네

길 나선
태양도 잠시
멈춰서서
아! 탐복하네

흔들리는 가치관

느슨한
계율 피한
가치관 흔들림이

틈새 속
바이러스
눈빛이 요동치고

내 미처
거르지 못한
병원체가 파고든다

꽃 피우다

푸른 빛
돋던 날의
내 영혼 시의 세계

시 한 편
깊이 새겨
펼치던 즐거움들

지면에 올려놓은 기쁨
그 웅어리 꽃 피우네

절미(絕美)

삶이란
조각하듯
조이는 아픔 안고

움켜 진
절미의 꿈
가치관을 지켜내는

내 영혼
한 걸음씩 옮겨
한 세기를 이뤄간다

*절미(絕美): 더할 나위 없는 아름다움

심현(深玄)

심취한
자연 속에
심현(深玄)이 그려내는

곡선의 순수함이
영혼을
맞이한다

이 아침
산골 나그네
신선 세계 여행한다

*심현(深玄): 사물의 위치가 매우 깊고 현묘함

밤을 쫓는 영혼

나의 삶 밤을 쫓는
추상적 상상 세계

흑과 백 선이 고운
선미(線美)의 시작이네

영혼이
그려내는 이상(理想)
은빛 무대 꽃피우네

춤쟁이 목수

속피 살
밀어 올린
칼날의 숨 가쁨이

눈여겨
참 볼수록
멋스런 춤꾼 영혼

나무는
목수의 마음
저리 알 듯 들썩이네

치솟는
하얀 속살
오월의 트랙 위에

바람의
회전목마
타고서 춤을 춘다

녹색의
푸른 날처럼
아름다움 펼쳐가네

표구

"그래라"
저 빈 공간
내 사진 세워보자

"찰카닥"
표구 한 장
곁들어 만들자면

"그렇지"
작품으로도
손색없는 생각이다

저 우주
공간에도
비쳐질 내 꿈들을

이메일
주고받고
담겨진 영상까지

전시회
가져본다면
아름다운 팩트다

우리 선생님
–참 미련한 쯔쯔쯔

선생님 날 보는 눈
미련해 했거든요

딱하지 나 같은
미련한 이 녀석을

가르치려 드는 선생님
참 미련한
쯔쯔쯔

꽃살 무늬 창호

장인의 손끝에서
피어난
꽃살 창호

줄무늬
매끄러운
그 모습에 향기 가득

문지방 넘나들 때마다 가슴 깊이 스미네

순발력 날카로움
집중력
그 눈빛이

영혼을
치유하는
외로운 투시력에

예리한 칼날 시대의 수 세기 향 이어지네

노을빛에 비친 영혼

동트는 태양 어깨 부등켜 소리치며
거칠은 하루 일과 하늘과 약속하고
바람결 거친 춤사이 모진 영혼 앞세운다

이렇듯 속마음을 들춰낸 허루함이
어둠에 등을 기댄 속아리 생채기가
낯서른 고독감 앞에 휘말리는 아픔이다

눈앞은 아슬아슬 인내를 시험하고
가슴을 움켜 쥐는 차거운 블랙홀 길
목울대 울적일 때마다 삼킨 침이 말라간다

내 영혼 반환점

거칠게 달려온 곳 반환점 기쁨 아닌
조금은 망설이는 타협의 넓은 면적
올곧은 삶은 아니었네 고스란히 눈물이네

출판물 기록 문서 눈 감아 필름 돌 듯
고문서 폐기물이 되어서 나타나는
그을린 내 영혼 몸값 옥션 경맷값도 없네

그토록 줄을 서서 긴장한 순간들이
저만치 깊은 환청 슬픔을 되새기는
기차역 끝 번호 열차가 떠나가는 모습이네

3부

천상의 나팔 소리

그곳에 어느 별이
먼저와 있었는지

내 영혼 꿈꾸어 온
하늘 이름 집 한 채

기도

북풍의
칼바람이
어머니 선잠 깨운

달빛 속
올리시는
정화수 고운 손길

얼음꽃
피는 줄도 몰라
옷고름만 울어싼다

범종 소리

우윳빛 달항아리
껴안듯
마주하면

어머니 가슴속에
둥둥둥
범종 소리

이 아침 젖물 가득 흘러
영혼 깊이
스미네!

아들이 만들 수 없는 그늘

엄니
"나,
서울 댕겨올라요!"
벌써 수년

북망산
먼 길
떠나가실 제
그 빈자리

큰 그늘
펼쳐 놓으시고
미련 없이
가셨네!

하늘길

비바람
눈보라도
물러선 환한 곳에

은빛과
금빛들은
어머니 고운 모습

가는 길
영산 진달래도
고개 숙여
길을 여네

어머니의 눈망울에

내민 손
가벼움이
살포시 떨린 모습

눈빛에
눈망울이
당신의 전 재산인

오! 왔어!
토닥토닥 손길
그제서야 알아보네

철딱서니 없는 마음

해 저녁 대그릇에 보리쌀 한 됫박이
쪄 올린
처마 끝에
밥 내음 대롱대롱
어머니 구릿빛 얼굴 모를세라 들춰보네

풋보리 칼바람에 파르르 떨리움도
어머니
무명치마
검게 탄 허기진 몸
어떤가 묻지도 못한 철딱서니 없던 나

배움

따뜻한 구릿빛 손
주름살 수억 년이

어깨 위 토닥토닥
말 없는 엄니 마음

세월은 흘러가야만 그 꿈들이 일어나네

억척의 세상살이
칼바람 같은 운명

영혼이 아름다운
그 모습 오늘의 삶

밤하늘 별들을 보며 기도하는 배움이네

무명치마

검퇴한 무명치마 언제쯤 지었을까?
엄니는 늦은 연세 감추고 입으셨네
구릿빛 살결 위 스친 수 세기의 수학이네

이 멋진 시대 건너 북망산 가실 적에
남기신 유언처럼 장롱 속 깊은 곳에
나란히 마음의 절개 고이고이 남겼네

이 아들 눈치 보며 새겨둔 그 자리엔
선명한 지문 자국 그대로 남아 있어
내 영혼 잊을 수 없어 통곡하는 이 슬픔

투박한 대물림

1
막사발 묶은 때를 입혀둔 예술이여
몇 대를 이어받은 우윳빛 가문이네
아버지 어머니 진지상
나란나란 올려지네

2
"며늘아, 조심조심" 부탁이 진지하네
신세대 대물림이 멋쩍은 말씀 앞에
투박한 그릇이지만
된장국에 제격이네

손자의 수술 1

갓 세상 밖
눈빛 내민
손자의 저 몸부림

수술대 올라야 할
긴 사투 알지 못한

엄마의 애가 타는 심정
심장 멎는 눈물 흘러

손자의 수술 2

열시간 사투 끝에
수술대 내려온 손자

아직도 몇차례 더
준비를 해야 하는

의료진 가슴 떨린 말씀
엄마 눈물 끝없네

손자의 수술 3

어느덧
7개월이
흘러간 침묵의 끝

눈 앞에 눈빛들이
다소 곳 마른 얼굴

다가올
수술대 위에
손자 얼굴 그려본다

눈빛 고운 아이들

영혼이 부시도록 깨끗한 하얀 피부
아침 뜰 백합처럼 눈빛이 청아하던
그 모습 너무 예뻐서 조심조심 다가서네

새로운 이름 석 자 땅 위에 새 길쯤이
생채기 붉은 피가 솟구치듯 설레는 맘
눈웃음 넘친 스킨십, 눈물 글썽하였네

물방울 차오르듯 사랑이 가져다준
내민 손 따스함이 매일매일 고마와라
내 삶 속 가득 찬 기쁨 두 손 모아 기도하네

깨끗한 세계

이 세상
깨끗하게 쓸어서
지운다면

저 하늘
거울 속에 멋지게
비추리라

영혼이
아름다운 모습
투명하게 보이리라

천상의 나팔 소리

알록이 물들이는
천상의 나팔꽃들

내 마음속 타고서
뚜우뚜우 나팔 부네

이 아침
아름다운 소리
영혼들을 일깨운다

천사이네

고운 꽃 피워내고
영혼을
마중하는

그대는 춤을 추는
참사랑
천사이네

내민 손
선미가 넘쳐
지친 자를 일으키네

천상의 노래

선미의 하얀 빛이
내 영혼 둘레길을

살포시 마중하는
클래식 리듬처럼

눈맞춤
천상의 노래
은하수성 퍼지네

천상의 거울

수 광년 옥빛 세계
열리는 오로라 빛

천상의 거울 비춰
온 우주 투명함이

영혼을
맞이하는 눈빛
열린 공간 이루네

천상의 시 한 편

천상의 시 한 편이
영혼을 아름답게

혹여 나 잊을까도
기억해 암송하는

늦은 밤 취한 잠길도
꼬옥꼬옥 껴안는다

천상의 꽃

저 하늘 넓고 고운 푸른 뜰 예쁜 꽃들
내 언제 가는 날에 한 아름 안아보리
젊음이 아름답게 피듯 꿈꾸어 온 천상의 꽃

심현에 깊이 쌓인 씨방울 일으키며
모은 손 오로라의 불빛을 받쳐 들고
천년을 기다림으로 꽃피우는 멋진 꽃

오늘 밤 이동하는 바람결 품속 깊이
내 꿈의 타임캡슐 실려서 보내리라
내 영혼 티켓 한 장 기쁨 영원토록 안을 꽃

천상의 우담바라

1
수억 년 천년 예약 찾아온 우담바라
맑은 눈 고운 향에 어두움 씻겨 가는
누구나 다 볼수 없는 천상의 꽃 환영(幻影)이네

흩어진 상처들을 꿰매어 보듬으며
한 시대를 건너가는 또 다른 길목에서
깨달음 찾는 세계 넘어 자유로움 보이네

2
밤하늘 별들의 꽃 그들이 내려왔네
지평선 끝자락에 포말을 타고 왔네
은빛을 헤쳐오는 긴 밤 청정 옥빛 비춰주네

하늘집

그곳에 어느 별이
먼저와 있었는지

내 영혼 꿈꾸어 온
하늘 이름 집 한 채

가을밤 툇마루에 서서 열린 창문 그리다

4부

나의 별성 왕국

몰라서 아닌 듯해, 불현듯 더 작아진
밤하늘 높이에도 생채기 느껴오는
이제야 피를 토하는 숨 가쁨의 외로운 길

무도회

저 하늘
별성 자리
오래 전 지은 집에

내 영혼
GPS
띄우고 찾아나서

이제는
쓸고 닦으리
무도회를 시작하리

극초음속 시대 건너 그리움

봄절기 밤하늘에 화려한 목동자리
유난히 반짝이는 저 별성 다가오네

언젠가 가고픔 일어 눈빛으로 소식 묻네

새로운 극초음속 소식은 쌓여가고
못난 듯 버릇되어 들추는 우주비행

그 고향 태어났을 창밖 그리움을 찾아가네

늙은 고서들의 눈빛

−청계천 책벌레들

푸석한 습한 냄새 오래된 책갈피들
저자의 아우성이 들리듯 손짓하고
수북이 쌓인 먼지들 발자국에 앞다투네

책벌레 흉내 내며 설치던 청계천 꽃
저마다 구하는 책 없어도 소리치고
흥정은 거듭 이어진 우스갱이 시절이네

우리들 추억거리 만든 곳 다시 찾은
불멸의 이야기들 내민 손 아름다워
청계천 그 고서들도 우릴 알아볼까? 여쭙네

시인의 길목

시인은 깊은 밤을 놓칠 수 없는 사막
순간을 포착하는 대뇌부 공간 이동
가끔씩 놓쳐버린 숙제 순간들을 짚는다

추녀 끝 바람 소리 오래 전 만난 친구
넌지시 건네주는 시구는 블랙홀 힘
혼자서 가는 길목에 내 영혼을 다독인다

이렇듯 긴 여운은 냉정함 되살리고
시 한 편 깊숙한 곳 의미를 펼쳐내는
또 다른 아픔과 함께 꿈을 찾는 시간이다

몽당연필

졸음에 사투하는 별빛의 긴 긴 밤도
네모난 입체 위에 묘사를 아름답게
영혼을 그려내는 삶이 몽당연필 가는 길

민첩한 마술사 손 육각의 춤 사이로
칼날의 날렵함이 귀 열어 듣는 소리
긴장감 앞세우는 눈빛 깊은 연출 심현의 길

몰라서 아닌 듯해, 불현듯 더 작아진
밤하늘 높이에도 생채기 느껴오는
이제야 피를 토하는 숨 가쁨의 외로운 길

먼 미래 나의 세계

깊은 밤 슬몃 눈을 감으면서 우주여행
5차원 영력 속을 향하여 입문한다
주술 속 먼 점괘가 아닌, 나의 미래 세계다

양분된 양과 음의 긴 여정 꿈을 안고
아름다움 위하여 내 영혼을 찾을 나라
조금은 앞서가는 지혜 두 손 모아 기도한다

긴 호흡 내쉬면서 조심스레 시작하네
이제는 낮아지고 조금은 나눔 하리
삶이란 자유스런 약속, 그 언약을 선서한다

멋진 천공을 누비네

땅심도 저 하늘의 눈빛을 마중하고
연둣빛 아기새들 신천지 바람 타고
천년을 찾아오는 길 비밀조차 아니었네

산수유 개나리와 수선화 민들레도
저마다 노란 빛깔 앞마당 자리 행진
이 봄을 꽃피우는 행복 모두에게 기쁨이네

눈빛이 고운 것은 기다린 큰 꿈이다!
산자락 일으키는 태양의 발걸음이
이 아침 밝은 웃음으로 멋진 천공 누비네!

공명의 마음가짐

나뭇잎 노래하고 바람결 춤추는 뜰
누리는 편안함을 안겨준 순수함들
새들의 노래 눈빛 속에도 꽃이 피는 한 세계

한 소절 음미해 본 낭송의 즐거움이
시성의 깊은 인내 예술의 본향처럼
삶이란 물결 흐르는 아름다운 네 영혼

입 열어 합창하고 우주에 안겨보는
기(氣)의 문 자연스레 넓히는 마음가짐
공명의 그 순간들이 자유로움 열어가네

피사체&피사체 춤추다

눈부신 커튼 결이
바람을 유혹하며
기하학 유물들이
배치된 사각의 링
미분학 곡선의 휨이 화려하게 수 놓는다

공명을 방치하는
창문의 이탈 소리
속도의 제한 없는
피사체 거친 반경
오로라 불빛이 이는 사정거리 외침이다

움켜 진 욕망들이
우주를 겨냥하고
발기된 뜨거움이 영혼을 안내한다
셔터눈 출몰하는 곳 무삭제가 춤을 춘다

텔레파시 띄운다

동해의 멋진 바람 산야에 찾아들고
풋풋한 황톳길에 꽃씨가 숨을 쉬는
새로운 변화의 입체감 멋진 미래 예감하네

계절의 빠른 술래 잠시만 인사하며
나뭇잎 찰랑일 때 눈인사 손 흔들고
이제껏 채우지 못한 시 한 편을 퇴고하네

물제비 날아가며 파장을 꽃 피우듯
선미의 눈빛 고운 우주를 연민하며
내 영혼 올곧게 시작 텔레파시 띄우네

타임캡슐 날리자

동행을 같이 해준 긴 밤의 친구들과
새 만년 태양 아래 자연을 펼쳐내는
하나도 지나칠 수 없는 약속이여 노래하자

분홍빛 가시광선 마주한 열린 공간
젊음을 끌어안는 저 무대 위 눈빛들
모두들 이름을 적어 타임캡슐 날리자

별세계 우주선을 타고서 여행하자
그토록 그려보던 내 꿈의 하늘 집에
내민 손 멋진 모습에 달려가서 안아보자

명상의 기도

우주를 끌어안는 시간이 스며든다
은밀한 나의 별성 내 발길 다가갈 곳
새겨진 고향이 있어 깊은 밤에 눈빛 쏟다

불우의 지난 역사 잊혀진 수세기들
무지의 재발견이 뒤늦은 나의 영혼
조용히 모아본 손길 긴 명상에 잠긴다

바람결 무늬마다 점섬의 항로일지
다소곳 솟는 기대 고난도 고개 비행
호흡을 조절하는 심현, 긴 여정에 서명한다

백야의 먼 길 속으로

내 영혼 뼛속 깊이 스며든 미친 달빛
이렇게 스멀대는 은빛을 훔치면서
수많은 행성의 수행 헤쳐가는 나였네

한 점의 유람이라 끝나는 길은 없어
오로라 불빛 넘어 찾아낸 은하수 성
뇌세포 깊은 굴절이 일어나는 시간이네

허름한 내적 세계 응어리 초록 캠프
끝없는 집시의 삶 야성의 눈빛 되어
바람 속 표 한 장 찾아 남은 먼 길 떠나네

별성 여행

1
긴 시간 텔레파시 점검을 끝마치고
우주선 쏘아 올릴 별성에 수신한다
기상을 확인한 출발선, 깃을 올려 이륙한다

초음속 가시거리 안전한 GPS
신세계 무대 위에 가볍게 몸을 풀며
지구를 벗어난 탈출 멋진 모험 환호한다

수많은 행성들의 블랙홀 눈빛 기류
오로라 환생의 빛 은하의 퍼레이드
화려한 비행 모선들 퍼포먼스 요란한다

2
꿈의 성 북두칠성 한 걸음 백조의 성
또 다른 페가수스 성 가뭇한 오리온 성
눈 앞에 펼쳐진 화려함 내 영혼을 안내한다

영혼을 위한 교감시대

1
검은 밤 빛을 찾아 심신을 수행할 때
영혼의 내적 깊이 자리한 영적 교감
새로운 미디어 세계에 적응하는 자세이다

시대의 극초음속 패닉에 빠진 과학
수 세기 문화적인 꽃으로 여긴 교육
논쟁을 넘어선 교류, 함께 하는 열림이다

2
이제는 미래라는 단어도 수정할 때
본연의 존재 의미 가치가 실현되는
누구나 미지의 꿈이 자연스레 다가온다

공명은 길이만큼 경험이 얻어지듯
현실을 목격하는 생활은 즐거운 일
모두가 맞이하게 될 텔레파시 환경이다

5차원 계주

앞뜰에 백일홍들 와! 하는 외침소리
콧등에 이는 불꽃 숨 가쁜 미래세계
아침은 벌써 지구 저편에 바톤 건넨 수신호다

광음은 새로움을 앞세워 솟구치고
역사를 견인하는 태양의 가속도는
한층 더 불기둥으로 궤도 위를 돌고 있다

영감이 투명하게 비치는 이미지와
5차원 진입하는 영력의 별을 찾는
우주가 땀 흘린 시간 수억 년의 계주이다

지혜를 부른 시대 앞서서 내민 손길
다시금 DNA 파일을 생성하고
눈 감아 들쳐 보는 삶 내 영혼을 일깨운다

나의 별성 왕국

은빛이 꽃피우는 긴 밤의 그 설렘을
내 영혼 클래식의 선율에 기대 본다
달 얼굴 발길을 짚어 뒷굽 살풋 춤을 춘다

저 하늘 별빛 고향 네온의 그곳으로
마지막 비행선에 떠나던 흥분일 때
당돌한 못생긴 얼굴 고갤 들고 손 흔든다

혼자만 외쳐보고 싶었던 은하수 길
내밀어 바라보던 수많은 별성들을
하나쯤 이름을 새겨둔 나의 뿌리 왕국이다

태어난 운명의 날 알 수는 없었던 곳
오늘은 GPS 추적기를 살펴 가며
내 이름 적어둔 주소 기억 속에 확인하다

블랙홀

잠잠한 밤하늘에 환상의 별빛들이
클래식 선율처럼 흐르듯 춤을 춘다
잠시도 눈을 뗄 수 없는 내 영혼을 붙잡는다

어둠이 깊이 들은 명함의 화려함도
산기슭 홀로 서는 나그네 허루함도
이제껏 어울리지 않는 모습으로 위로한다

시인의 암송들이 불현듯 솟구치고
살포시 떨어지는 낙엽의 손사래가
귓전에 몸소 부딪혀 긴 시간을 젖게 한다

지금은 몇 시일까? 아! 아니 아직이다
발걸음 서성이는 가을밤 눈 마중과
찬 이슬 촉촉함 함께 자연으로 기대선다

지리산의 풍경, 밤하늘의 별,
공기처럼 순수하고 맑은 시조

김민정
(한국문인협회 시조분과회장, 문학박사)

지리산의 풍경, 밤하늘의 별,
공기처럼 순수하고 맑은 시조

김민정
(한국문인협회 시조분과회장, 문학박사)

1. 지리산

　제1부 지리산에서는 시인이 사는 마을 구례와 지리산의 모습을 사랑하는 내용이 담겨 있다. 누구나 자신의 고향을 사랑하고, 그것이 애향심으로, 애국으로 커져가는 것이 순리이다. 서만석군 시인도 예외가 아니다. 그렇기에 그의 고향 사랑은 다른 시인들에서도 나타나듯이 애틋하다. 지리산 자락 구례에 살면서 지리산의 맑고 깊은 정기를 사랑하고, 아름다운 단풍과 설경을 사랑하며 그것으로 힐링을 한다는 내용이 시편 곳곳에 나타난다.

　섬진강
　지리산이

어깨 위 토닥토닥

일깨워 미소 짓는
은빛과 금빛 들녘

다가선
나눔의 손길
예의 충절 구례이네.

−「구례(求禮)」 전문

　이 작품에서는 구례라는 마을에 대해, 애착의 마음이 그대로 드러난다. 섬진강 지리산이 어깨 위에 앉아 어깨를 토닥이고 있고, 미소를 지으며 바라보는 들녘은 은빛과 금빛으로 아름답게 출렁인다. 그곳에서 농사를 지으며 나눔을 하며 사는 서 시인은 그곳이 예의와 충절의 고장임을 밝히고 있다. 박경리의『토지』를 읽으며 지리산 자락인 평사리, 또 구례라는 마을 이름도 보았던 것 같다. 또 지리산을 오르기 위해 찾았던 구례라는 마을이 이 시조를 통해 다시 한 번 다가와 다정함을 안겨주고 있다.

지리산
돌샘들의
나직한 숨소리들

번뇌의

아픔들을

걸러낸 천신(天神)의 혼(魂)

영혼을

되짚어 보는

또 하나의 길[道]이네

–「길」 전문

「길」이란 작품에서는 지리산 돌 틈에서 흐르는 작은 돌
샘들의 나직한 숨소리가 소재가 되고 있다. 그것은 시인
이 사는 삶을 의미한다고도 볼 수 있다. 나직하지만 그것
은 번뇌의 아픔들을 걸러낸 천신의 혼이라는 것이며 영혼
을 되짚어 보는 또 하나의 길이라고 표현한다. 그 속에는
작지만 맑음을 지니며 흘러가고 있는, 즉 살아가고 있는
시인의 모습이기도 한 것이다.

오시는 수고로움

번뇌는

말끔하게

눈마중 힐링 길에

영혼을
모십니다

솔향이
가득한 치유의 방
피톤치드입니다

　　－「영혼을 치유합니다」 전문

　이곳을 찾아오는 길의 수고로움과 번뇌는 이곳에 오게
되면, 먼저 눈을 마중하는 아름답고 맑은 풍경으로 힐링
이 되게 한다는 것이다. 솔향이 가득한 치유의 방, 곧 피
톤치드가 또한 지친 심신을 치유하게 한다는 것이다. 아
름다운 지리산의 모습이 금방이라도 다가올 듯하고 솔향
이 코를 스치게 할 듯한 작품이다.

　기다린/하얀 눈이/드넓게 펼쳐 놓은//가을의 불구덩이/
까만 곳 감쪽같다//이제야/하얀 영혼으로/나뭇가지 춤을
춘다//뽀드득/맑은 소리/눈[雪]빛도 아름답다//내민 손/
멀리까지/안아본 멋진 세상//디딘 곳/발자국 자리/이름
자를 새긴다

　　－「하얀 영혼」 전문

겨울눈이 쌓인 지리산의 모습을 상상하면 될 것 같다. 기다리던 그 새하얀 눈이 드넓게 지리산을 덮고 있는 모습이다. '가을의 불구덩이/까만 곳 감쪽같다'고 한다. 눈은 가을에 태우고 남은 추한 흔적들도 감쪽같이 가려준다는 뜻이다. 나무에 내린 눈은 겨울의 아름다움을 대표하는 것이기도 하다. 눈이 겨울나무에 쌓인 모습은 그대로 자연이 그려낸 한 폭의 그림이다. 눈 쌓인 나뭇가지들이 흔들리는 모습, 그것을 밟으면 뽀드득 나는 발소리, 하얗게 채색된 지리산의 모습은 아름답게 다가온다. 그 하얀 눈 위에 시인은 발자국을 새기고 있다. 겨울의 아름다운 모습을 새기고 있다.

　　지리산 계곡마다 상고대 긴 여정들
　　멋스런 풍경들이 초기로 이어진 듯
　　깊숙이 걸어보는 영혼 마주하는 걸작이네

　　하얗게 가시광선 빗살들 번득이고
　　발자국 하나 없는 설경의 맑은 선미(線美)
　　산세의 눈빛 고운 감상 신세계의 고향이네

　　돌샘의 음계 소리 바람에 실려 가고
　　산경(山景)의 광음들이 일제히 솟구치니
　　옷깃을 세우고 걷는 내 영혼이 신선이네!

　－「지리산 1」 전문

「지리산 1」은 같은 제목의 작품들을 1, 2, 3으로 구분하여 쓴 시조 중 한 편이다. 이 시조는 「하얀 영혼」의 연장선에 있는 작품인 듯하다. 겨울 눈 덮인 지리산의 모습을 그려내고 있다. 눈이 쌓이고 얼어붙은 모습의 상고대가 계곡마다 있고 그 풍경들을 걸어보고 있는 내 영혼과 혼연일체 되어 걸작으로 나타난다. 둘째 수에 오면 '발자국 하나 없는 설경의 맑은 선미'라고 한다. 눈밭이 만들어 내는 곡선과 직선의 아름다움을 말하고 있다. 그것은 모래사막에서 곡선들이 만들어 내는 아름다움에 비견할 만할 것이다. 산세와 능선이 그려내는 눈 쌓인 모습의 아름다움이 금방이라도 눈 앞에 펼쳐질 듯하다. 그것은 영혼이 마주하는 신세계이며 선경이다. 돌에서 나오는 샘물의 소리가 바람에 실려 가고, 산경의 모습에서 광음들이 솟구치고 있음을 인지하는 시인은 '옷깃을 세우고 걷는 내 영혼이 신선이네!'라며 신선의 세계에 노닐고 있는 자신을 발견한다. 새하얀 눈이 덮인 지리산 속의 시인은 자연이 전하는 웅장하고 위대한 모습과 소리들을 듣고 있다. 그리고 그러한 자신을 신선이라 생각하고 있는 것이다.

2. 우리의 멋

우리의
멋진 한옥
고운선 예쁜 한복

백조가
날개 펴듯
비상의 모습이네

저 하늘 예술문화일까?
보석처럼 빛나네

－「고운 우리의 멋」 전문

　제2부에서는 우리 민족의 아름다움을 소재로 하고 있다. 선으로 아름다움을 대표하는 우리의 한옥과 한복을 노래하고 있다. 한옥 처마의 선은 곡선이고 한복의 아름다움도 곡선에서 나온다. 서 시인은 그것을 '백조가 날개 펴듯 비상의 모습'으로 보고 있다. 또한 그것은 하늘의 예술문화라서 보석처럼 빛나고 있다고 한다. 우리의 한옥이나 한복에서 나타나는 곡선의 미를 천상의 예술문화로까지 높이며 칭송하고 있다. 우리 것을 사랑하는 마음이 잘 드러난 작품이다.

당신의
깊숙한 곳
종소리 울리세요

다가선
그곳에서
조용히 부르세요

내민 손
아름답게 펼쳐
영혼들을 안으세요

－「사랑하세요」 전문

이 시조집에는 자연에 대한 작품이 많고 인간에 대해 사랑을 노래한 작품은 많지 않다. 이 작품은 제목이 「사랑하세요」이다. 인간에 대한 사랑일 수도 있고, 인간을 포함한 모든 삼라만상에 대한 사랑일 수도 있다. 이 작품이 인간에 대한 것이든, 자연에 대한 것이든 그것이 중요한 것은 아니다. 이 작품을 통해 시인의 인간을 포함한 삼라만상에 대한 사랑의 마음, 즉 따스한 마음가짐과 적극성을 볼 수 있다. '당신의/깊숙한 곳/종소리 울리세요'라고 한

다. 마음 깊은 곳에서부터 우러나오는 사랑을 하라는 뜻
이다. 그리고 '다가선/그곳에서/조용히 부르세요'라고 한
다. 사랑은 요란하게 하는 것이 아니라 조용히 하는 것이
라고 말하고 있다. '내민 손/아름답게 펼쳐/영혼들을 안으
세요'라며 영혼을 사랑하며 아름답게 펼쳐가라는 뜻이다.
사랑은 마음속 깊은 곳으로부터 종소리 울리듯 울려 나오
게 하고 사랑의 대상을 조용하게 부르고 또한 손을 내밀
어 영혼을 깊숙이 안으라는 뜻이다. 이 작품을 보면서 삼
라만상을 대하는 그의 진솔성을 느낄 수 있다.

푸른 빛
돋던 날의
내 영혼 시의 세계

시 한 편
깊이 새겨
펼치던 즐거움들

지면에 올려놓은 기쁨
그 웅어리 꽃 피우네

-「꽃 피우다」 전문

누구나 자기가 쓴 작품이 인쇄되어 다른 사람들에게 읽히게 되면 그 기쁨을 감추지 못한다. 그것이 처음으로 실리게 되었다면 더욱 기쁠 것이다. 여기서는 그 기쁨을 소박하게 표현하고 있다. 드디어 자신의 작품이 꽃을 피웠다는 느낌을 갖고 그것을 시조로 형상화한 것이다. 자신의 작품이 처음으로 지면에 실리게 되었을 때, 또 첫 시집이 나오게 될 때의 벅찬 설렘은 그것을 경함한 시인이라면, 아니 글 쓰는 사람이라면 모두 공감할 것이다.

삶이란
조각하듯
조이는 아픔 안고

옮겨 진
절미의 꿈
가치관을 지켜내는

내 영혼
한 걸음씩 옮겨
한 세기를 이뤄간다.

－「절미(絶美)」 전문

삶은 모든 사람에게 소중한 것이다. 자기의 생을 조각하듯 하며 절대의 아름다움을 찾아가는 모습은, 이것을 인지하는 사람에게는 정말로 삶이 소중할 것이다. 이것을 인지하지 못하고 그냥 의무처럼 하루하루 살아내고 있는 사람들이 더 많은 것이 우리의 일반적인 현실이다. 그런데 서 시인은 이것을 인지하며 살아가고 있다. 아름다운 조각품으로 남기기 위해 조각하듯 자신의 삶을 사는 사람들은 앞으로 남은 삶도 절대로 함부로 살지 않을 것이다. '내 영혼/한 걸음씩 옮겨/한 세기를 이뤄간다'고 한다. 자신의 삶의 소중함을 잘 알고 아름다운 예술품으로 남고 싶어 절미 絶美를 찾는 그의 삶이 더욱 아름다워지기를 바란다.

속피 살/밀어 올린/칼날의 숨 가쁨이//눈여겨/참 볼수록/멋스런 춤꾼 영혼//나무는/목수의 마음/저리 알 듯 들썩이네//치솟는/하얀 속살/오월의 트랙 위에//바람의/회전목마/타고서 춤을 춘다//녹색의/푸른 날처럼/아름다움 펼쳐가네

–「춤쟁이 목수」 전문

「춤쟁이 목수」란 제목에서 알 수 있듯이 춤을 추듯 자기의 일에 몰두하며 황홀하게 일하는 목수의 모습을 노래하고 있다. 자기의 일을 사랑하며 그 일에 미쳐서 춤추듯 열

심히 하고 있는 것이다. 삶의 모습은 다양하고 직업도 천차만별이지만, 우리가 거기에서 아름다움을 느낄 때는 그 사람이 자신의 위치에서 자기가 맡은 일을 사랑하며 최선을 다할 때의 모습이다. 가수는 가수답게, 춤꾼은 춤꾼답게, 학자는 학자답게 자신의 일에 미쳐야만 무엇인가 완성되어 나온다. 이 작품에서는 목수가 주인공이다. 그는 목수답게 칼끝으로 나무의 결에 따라 열심히 나무를 다듬는다. 마치 신나게 춤을 추듯이 목수 일을 행하고 있다.

장인의 손끝에서/피어난/꽃살 창호//줄무늬/매끄러운/그 모습에 향기 가득//문지방 넘나들 때마다 가슴 깊이 스미네//순발력 날카로움/집중력/그 눈빛이//영혼을/치유하는/외로운 투시력에//예리한 칼날 시대의 수 세기 향 이어지네

−「꽃살 무늬 창호」 전문

「꽃살 무늬 창호」는 「춤쟁이 목수」와 연계된 작품으로 보인다. '장인의 손끝에서/피어난/꽃살 창호'라고 한다. 목수의 '순발력 날카로움/집중력/그 눈빛이'에 의해 태어난 작품인 것이다. 목수의 예리한 칼끝으로 이루어지는 멋진 예술인 것이다. 그것을 놓치지 않고 잡아내는 시인의 눈 또한 예리하다.

거칠게 달려온 곳 반환점 기쁨 아닌
조금은 망설이는 타협의 넓은 면적
올곧은 삶은 아니었네 고스란히 눈물이네

출판물 기록 문서 눈 감아 필름 돌 듯
고문서 폐기물이 되어서 나타나는
그을린 내 영혼 몸값 옥션 경맷값도 없네

그토록 줄을 서서 긴장한 순간들이
저만치 깊은 환청 슬픔을 되새기는
기차역 끝 번호 열차가 떠나가는 모습이네

−「내 영혼의 반환점」전문

「내 영혼의 반환점」이란 작품은 자신의 삶, 영혼의 반환
점을 생각하며 쓴 작품이라 생각된다. 삶의 어느 지점에서
자신의 생을 턴하는 모습을 꿈꾸는 작품인 것이다. 현재
시인은 구례에서 농사를 지으며 시를 쓰고 있다. 자신이
늘 보는 지리산의 아름다움과 밤하늘 별들의 세계에 많은
관심을 가지고 있고, 그것의 아름다움을 노래하며, 노래하
고 싶어하는 시인이다. 세상에 별 관심이 없이, 순박한 농
군의 모습으로 살아오던 자신의 모습, 세상에 대한 타협도

없이, 아니 타협이란 개념조차 갖지 않은 채 살아오던 삶에서 이제는 조금 더 크게 눈을 뜨고 세상과 타협도 해야겠다며 첫째 수에는 자신의 삶을 돌아보고 있다. '거칠게 달려온 곳 반환점 기쁨 아닌/조금은 망설이는 타협의 넓은 면적/올곧은 삶은 아니었네 고스란히 눈물이네'라고 한다. 세상과 타협해야겠다고 생각하면서 망설이는 모습을 보이고 있다. 지금까지 산 삶의 모습도 '올곧은 삶은 아니었네 고스란히 눈물이네'라는 표현 속에서 진솔함과 그동안 삶의 힘든 모습도 느낄 수 있다. 누구에게나 삶은 고달픈 것이다. 중장에서는 '그을린 내 영혼 몸값 옥션 경매 값도 없네'라며 자신의 삶이 허름했음을 각성하고 있다. 그래서 이래서는 안 되겠다는 결심을 하게 된 것 같다.

'그토록 줄을 서서 긴장한 순간들이/저만치 깊은 환청 슬픔을 되새기는/기차역 끝 번호 열차가 떠나가는 모습이네.'라며 그토록 긴장하며 살아왔던 자신의 삶이 이제 떠나가는 기차처럼 떠나고 있음을, 새로운 삶에로의 도전을 생각하며 다른 기차를 기다리는 모습을 암시하고 있다. 삶은 자신의 생각에 따라 얼마든지 바뀌는 것이다. 지금부터라도 새로운 모습으로 태어나고 싶은 시인의 의지가 이 작품에서는 잘 나타난다. 그가 바라는 모습은 무엇일지 모르나, 상상하건대 멋진 시조시인으로, 시조를 잘 쓰는 시조시인이 되고픈 것이 아닐까?

3. 천상의 나팔 소리

제3부에서는 어머니와 천상의 아름다움에 대한 소재들이 주를 이룬다. 어머니는 모든 사람의 마음의 고향이다. 그래서 시인들이 쓰는 주제와 소재 속에도 어머니는 늘 등장한다. 자식을 위해 기도하던 어머니의 모습은 언제나 읽는 독자에게도 어머니를 생각나게 하여 가슴 뭉클하게 한다. 서만석군 시인의 시조에서도 예외는 아니다.

북풍의
칼바람이
어머니 선잠 깨운

달빛 속
올리시는
정화수 고운 손길

얼음꽃
피는 줄도 몰라
옷고름만 울어싼다

－「기도」 전문

차가운 북풍의 칼바람 속에서도 정화수를 떠 놓고 기도
하느라 추운 줄도 모르고, 얼음꽃이 옷고름에 매달린 줄
도 모르는 어머니의 기도 순간이다. 이것을 바라보는 자
식의 가슴은 얼마나 뭉클할까. 이렇게 정화수를 떠 놓고
기도하던 우리들의 어머니, 그 자식들이 얼마나 성공을
했으며 기도하던 어머니들의 소원은 이루어졌을까 궁금
해지기도 한다. 그러나 자식들의 성공은 어머니가 기도를
올린 덕분도 있겠지만, 그것을 바라본 자식들의 마음가짐
에서 비롯된 것이 아닐까 싶다. 자식을 위해 온 정성을 다
바치는 어머니의 마음을 이해하고 어머니가 바라는 성공
의 길을 가야겠다는 결심을 자식들이 하는 것만으로도 이
미 기도의 효과는 나타난 것이다. 함부로 몸을 굴리지도
않았을 것이고, 더욱 노력하는 자세로 공부하고 성공하려
노력했으리라 생각되기 때문이다. 이 작품은 그렇게 온
마음을 모아 기도하느라 옷고름에 고드름이 매달려 우는
소리도 모르는 어머니의 모습을 잘 그려내고 있다.

우윳빛 달항아리
껴안듯
마주하면

어머니 가슴속에
둥둥둥
범종 소리

이 아침 젖물 가득 흘러

영혼 깊이

스미네!

−「범종 소리」 전문

　시인은 '우윳빛 달항아리를 껴안듯 마주하면'이라며, 둥
근 달항아리를 바라보며 그것이 어머니의 젖가슴 같다는
생각을 한다. 항아리의 색상이 우윳빛이고 모양 또한 둥
글어 어머니의 젖가슴을 생각나게 하기 때문이다. 이것을
바라보며 시인은 '어머니 가슴속에 둥둥둥 범종 소리'를
들으며 그곳에서 젖물이 가득 흘러 내 영혼 깊이 스미고
있다고 한다.

검퇴한 무명치마 언제쯤 지었을까?

엄니는 늦은 연세 감추고 입으셨네

구릿빛 살결 위 스친 수 세기의 수학이네

이 멋진 시대 건너 북망산 가실 적에

남기신 유언처럼 장롱 속 깊은 곳에

나란히 마음의 절개 고이고이 남겼네

이 아들 눈치 보며 새겨둔 그 자리엔

선명한 지문 자국 그대로 남아 있어
내 영혼 잊을 수 없어 통곡하는 이 슬픔

–「무명치마」 전문

이 작품은 어머니가 돌아가시고 장롱 깊은 곳에 남아 있던 고인의 무명치마를 보며 어머니를 그리워하는 아들의 모습이 나타난다. 앙코르와트 사원을 방문했을 때 〈통곡의 방〉이란 곳을 가보았다. 돌아가신 어머니를 위해 지었다는 하늘이 보이는 방에서 어머니를 위해, 어머니가 생각날 때 이 방에 들어가 통곡을 했다는 어느 왕의 이야기가 이 작품을 보는 순간 떠올랐다. 어머니의 유품으로 하여 돌아가신 어머니를 생각하고 그리워하는 것은 시인의 지극히 순수한 인간적 감정이라 볼 수 있다.

알록이 물들이는
천상의 나팔꽃들

내 마음속 타고서
뚜우뚜우 나팔 부네

이 아침
아름다운 소리
영혼들을 일깨운다

─「천상의 나팔 소리」전문

천상에 대한 작품들이 꽤 여러 편이다. 깨끗하고 순수
하고 아름다운 천상의 세계를 꿈꾸는 시인의 마음이 드러
나는 작품들이다. 그중에 한 편인 「천상의 나팔 소리」는
천상의 모습을 꿈꾼다기보다는 아름답게 피어난 나팔꽃
을 보면서, 그것을 천상의 나팔 소리로 상상하는 것이다.
'내 마음속 타고서/뚜우뚜우 나팔 부네'로 표현되고 종장
에서는 '이 아침/아름다운 소리/영혼들을 일깨운다'고 한
다. 시란 사실만의 표현이 아니라 사실과 상상이 함께 만
들어 내는 공간 세계인 것이다. 「천상의 노래」, 「천상의 거
울」, 「천상의 시 한 편」, 「천상의 꽃」, 「천상의 우담바라」 등
이 여기에 속한다.

4. 나의 별성 왕국

제4부에서는 「나의 별성 왕국」 등 별들의 세계를 주제와
소재로 쓴 작품들이 많다. 이런 작품이 왜 많을까 생각해
보니 지리산 자락에서는 밤하늘의 별이 그만큼 잘 보여서
일 거라고 생각된다. 동강에서 별이 잘 보인다고 하듯이.
우리나라에서 별이 잘 보이는 곳으로는 소백산에 천문관

측소가 있는데, 그곳은 주변에 강과 바다가 없어 습도가 낮고, 공기가 맑기 때문에 밤하늘의 별 관측이 다른 곳보다 잘 된다는 것이다. 이처럼 지리산에서도 공기가 맑아 밤하늘의 별이 잘 보일 것이다. 그래서 시인은 별(별성)에 대한 시조를 많이 쓰고 있는 것은 아닐까 생각된다.

　　저 하늘
　　별성 자리
　　오래 전 지은 집에

　　내 영혼
　　GPS
　　띄우고 찾아 나서

　　이제는
　　쓸고 닦으리
　　무도회를 시작하리

　－「무도회」 전문

「무도회」에서는 하늘의 별성 자리에 오래전에 지었던 집을 찾아 그곳을 쓸고 닦아서 사람들을 초대하여 무도회를 시작하겠다고 한다. 요즘 한창 유행하는 GPS란 단어는 전 지구 위치 파악 시스템이다. 요즘 스마트폰으로 그 사람의 위치 추적을 할 때 사용되는 언어이기도 하다. 오래전에 지은 집, 그래서 위치도 확실하지 않아 내 영혼의 GPS를 띄우고 찾아 나서고, 무도회도 하겠다고 것이다. 조금은 허황된 꿈일 수도 있고, 현실 세계에서는 있을 수 없는 일이다. 그러나 맑은 영혼을 추구하는 마음으로, 순수를 찾아가는 마음으로 이해를 하면 좋을 것 같다. 「극초음속 시대 건너 그리움」이란 작품도 맥을 같이한다.

졸음에 사투하는 별빛의 긴 긴 밤도
네모난 입체 위에 묘사를 아름답게
영혼을 그려내는 삶이 몽당연필 가는 길

민첩한 마술사 손 육각의 춤 사이로
칼날의 날렵함이 귀 열어 듣는 소리
긴장감 앞세우는 눈빛 깊은 연출 심현의 길

몰라서 아닌 듯 해, 불현듯 더 작아진
밤하늘 높이에도 생채기 느껴오는
이제야 피를 토하는 숨가쁨의 외로운 길

―「몽당연필」 전문

「시인의 길목」과 「몽당연필」에서는 밤에 시를 쓰며 졸음과 사투를 벌이기도 하고, 여러 가지 힘든 것을 참고 견디며 시를 창작하는 시인의 고뇌가 드러나는 작품이다. 네모난 종이 위에 '영혼을 그려내는 삶이 몽당연필 가는 길'이라고 한다. 몽당연필로 시를 쓰는 시인의 모습을 상상할 수 있다. '민첩한 마술사 손 육각의 춤 사이로/칼날의 날렵함이 귀 열어 듣는 소리/긴장감 앞세우는 눈빛 깊은 연출 심현의 길'이다. 한 장의 종이를 메꿔가며 밤을 새우며 시를 쓰는 시인의 모습, 아름다움을 찾기 위한 시인의 노력의 순간들에 대한 것이다. 몽당연필의 '이제야 피를 토하는 숨가쁨의 외로운 길'이며 그것은 또한 또한 시인의 길이기도 하다. 외로움을 이기지 못하면 좋은 작품을 쓸 수 없는 것이다. 시인이 독자에게 읽히기 위한 시 한 편 쓰는 일은 결코 쉽지 않다는 걸 이 작품에선 보여준다. 서만석군 시인뿐만 아니라 모든 시인들이 그러할 것이다.

깊은 밤 슬몃 눈을 감으면서 우주여행
5차원 영력 속을 향하여 입문한다
주술 속 먼 점괘가 아닌, 나의 미래 세계다

양분된 양과 음의 긴 여정 꿈을 안고
아름다움 위하여 내 영혼을 찾을 나라
조금은 앞서가는 지혜 두 손 모아 기도한다

긴 호흡 내쉬면서 조심스레 시작하네
이제는 낮아지고 조금은 나눔하리
삶이란 자유스런 약속, 그 언약을 선서한다

　　　　–「먼 미래 나의 세계」 전문

은빛이 꽃피우는 긴 밤의 그 설렘을
내 영혼 클래식의 선율에 기대 본다
달 얼굴 발길을 짚어 뒷굽 살풋 춤을 춘다

저 하늘 별빛 고향 네온의 그곳으로
마지막 비행선에 떠나던 흥분일 때
당돌한 못생긴 얼굴 고갤 들고 손 흔든다

혼자만 외쳐보고 싶었던 은하수 길
내밀어 바라보던 수많은 별성들을
하나쯤 이름을 새겨둔 나의 뿌리 왕국이다

태어난 운명의 날 알 수는 없었던 곳
오늘은 GPS 추적기를 살펴 가며
내 이름 적어둔 주소 기억 속에 확인하다

　　　　–「나의 별성 왕국」 전문

자신의 별을 찾아서 그곳을 그리워하며 찾아가고자 하는 시인, 그곳은 어디일까? 모든 사람에게도 자신이 태어난 별이 있을까 궁금하다. 그곳은 서만석군 시인이 말하는 '저 하늘 별빛 고향 네온의 그곳으로 /마지막 비행선에 떠나던 흥분일 때/당돌한 못생긴 얼굴 고갤 들고 손 흔든다'고 한다. 또 '태어난 운명의 날 알 수는 없었던 곳/오늘은 GPS 추적기를 살펴 가며/내 이름 적어둔 주소 기억 속에 확인하다.'고 한다. 어쩌면 사람들은 임종할 때 자신이 태어난 그 별을 찾아가는지도 모른다. 그렇다면 아직 서만석군시인은 이곳을 찾아가기에는 먼 훗날의 일이다. 그래서 다른 작품 「먼 미래 나의 세계」가 되는 곳일 것이다.

  잠잠한 밤하늘에 환상의 별빛들이
  클래식 선율처럼 흐르듯 춤을 춘다
  잠시도 눈을 뗄 수 없는 내 영혼을 붙잡는다

  어둠이 깊이 들은 명함의 화려함도
  산기슭 홀로 서는 나그네 허루함도
  이제껏 어울리지 않는 모습으로 위로한다

  시인의 암송들이 불현듯 솟구치고
  살포시 뗠어지는 낙엽의 손사래가
  귓전에 몸소 부딪혀 긴 시간을 젖게 한다

지금은 몇 시일까? 아! 아니 아직이다
발걸음 서성이는 가을밤 눈 마중과
찬 이슬 촉촉함 함께 자연으로 기대선다

　　－「블랙홀」 전문

　블랙홀이란 검은 구멍(black hole)을 말한다. 즉 강한 중력에 의해 빛조차 빠져나올 수 없어서 검게 보이는 천체를 뜻한다. 그래서 사람들은 블랙홀이란 이름을 두려워하기도 한다. 그러나 서만석군 시인은 이 블랙홀조차 정겹게 표현하고 있다. 첫수부터 '잠잠한 밤하늘에 환상의 별빛들이/클래식 선율처럼 흐르듯 춤을 춘다/잠시도 눈을 뗄 수 없는 내 영혼을 붙잡는다'고 한다. 블랙홀의 의미는 차라리 둘째 수에서 '어둠이 깊이 들은 명함의 화려함도/산기슭 홀로 서는 나그네 허루함도/이제껏 어울리지 않는 모습으로 위로한다'는 내용이 더 맞을지도 모르겠다. 모든 것을 암흑화 시켜버리니까 화려함, 허루함, 남루함도 모두 묻힐 것이므로… 위로가 될 수도 있기 때문이다.
　그러나 그러한 블랙홀인 곳에서도 시인의 의식은 깨어 있다. '지금은 몇 시일까? 아! 아니 아직이다/발걸음 서성이는 가을밤 눈 마중과/찬 이슬 촉촉함 함께 자연으로 기대선다'고 한다.

서만석군의 시조에서는 자신이 사는 아름다운 지리산 자락, 구례의 자연을 사랑하는 모습이 잘 드러난다. 지리산의 청정한 모습, 주변의 깨끗한 산과 들과 공기와 별들까지 모두가 아름답게 느껴지도록 작품을 쓰고 있다. 이러한 가운데 어렸을 적 어머니의 사랑을 나타내고 돌아가신 어머니를 그리워하는 모습도 보인다. 또한 깨끗한 세계를 추구하여 천상의 세계를 그리는 모습과 하늘의 별성들을 노래하며 그 별들의 세계를 그리워하는 모습도 보인다. 한마디로 그의 시조는 지리산의 풍경이나 밤하늘의 별과 공기처럼, 순수하고 맑고 깨끗하여 청정한 느낌이 든다.

　서만석군 시인이 추구하는 '인생의 반환점'이 시조를 좀 더 열심히 쓰고, 좋은 작품을 쓰는 시인이 되는 것이라면 그 바람대로 잘 이루어지길 바란다. 이번 시조집 『영혼의 노래』 발간을 축하하며 앞으로 더욱 순수하고 맑고 아름다운 작품을 쓰시고 문운도 빛나시길 기원한다.

영혼의 노래

서만석군 시집

발 행 처 · 도서출판 청어
발 행 인 · 이영철
영   업 · 이동호
홍   보 · 천성래
기   획 · 남기환
편   집 · 방세화
디 자 인 · 이수빈 | 김영은
제작이사 · 공병한
인   쇄 · 두리터

등   록 · 1999년 5월 3일
(제321-3210000251001999000063호)

1판 1쇄 발행 · 2022년 10월 30일

주소 · 서울특별시 서초구 남부순환로 364길 8-15 동일빌딩 2층
대표전화 · 02-586-0477
팩시밀리 · 0303-0942-0478

홈페이지 · www.chungeobook.com
E-mail · ppi20@hanmail.net
ISBN · 979-11-6855-091-9(03810)

이 시집은 전남문화재단 예술지원 발간비 일부를 지원 받아 제작되었습니다.